Annie Langlois

Victorine
et la liste
d'épicerie

Illustrations
de Steve Beshwaty

la courte échelle

Annie Langlois

Du plus loin qu'elle se souvienne, Annie Langlois a toujours été passionnée par les livres. Elle a étudié en littérature et termine présentement un doctorat à l'université Sorbonne Nouvelle, en France. Annie a été libraire pendant plusieurs années et aussi chargée de cours à l'université. Aujourd'hui, elle est directrice littéraire et artistique aux éditions de la courte échelle, où elle a publié *L'évasion d'Alfred le dindon* dans la collection Premier Roman et l'album *Victorine et la pièce d'or*.

Steve Beshwaty

Né à Montréal, Steve Beshwaty a étudié en graphisme. Depuis, on a pu voir ses illustrations dans différents magazines et sur des affiches. Il illustre aussi des livres pour les jeunes et il adore ça. Steve Beshwaty aime beaucoup la musique, les marionnettes et le cinéma, et aussi les animaux, surtout les chats.

Victorine
et la liste
d'épicerie

Les éditions de la courte échelle inc.
5243, boul. Saint-Laurent
Montréal (Québec) H2T 1S4

Directrice de collection:
Annie Langlois

Révision:
Sophie Sainte-Marie

Conception graphique:
Elastik

Mise en pages:
Mardigrafe inc.

Dépôt légal, 3e trimestre 2004
Bibliothèque nationale du Québec

Copyright © 2004 Les éditions de la courte échelle inc.

La courte échelle reconnaît l'aide financière du gouvernement du Canada par
l'entremise du Programme d'aide au développement de l'industrie de l'édition
pour ses activités d'édition. La courte échelle est aussi inscrite au programme
de subvention globale du Conseil des Arts du Canada et reçoit l'appui du
gouvernement du Québec par l'intermédiaire de la SODEC.

La courte échelle bénéficie également du Programme de crédit d'impôt pour
l'édition de livres — Gestion SODEC — du gouvernement du Québec.

Données de catalogage avant publication (Canada)

Langlois, Annie

    Victorine et la liste d'épicerie

    (Mon Roman; MR14)

    ISBN 2-89021-726-4

    I. Beshwaty, Steve. II. Titre. III. Collection.

PS8573.A564V522 2004   jC843'.6   C2004-940591-8
PS9573.A564V522 2004

À Manu, en souvenir
de nos longues expéditions
dans les supermarchés français…

1

Tous les
samedis matin

Tous les samedis matin, ça commence ainsi. Victorine enfile ses chaussons, elle descend l'escalier et se dirige vers le salon.

Là-bas, elle construit son château de coussins. Elle installe ses peluches préférées, puis elle allume la télévision. De toute la semaine, c'est le moment qu'elle préfère… C'est l'heure des dessins animés.

Mais, aujourd'hui, un nuage vient assombrir la joyeuse routine de Victorine. Édouard, son père, est déjà au salon lorsqu'elle arrive sur la pointe des chaussons.

— Bon matin, ma toute belle ! Prépare-toi, nous allons faire les courses, lance-t-il d'une voix pleine d'entrain.

— Oh ! non ! réplique fermement Victorine. Moi, je reste à la maison pour regarder *Les aventures du lapin atomique* !

En guise de protestation, la fillette croise les bras sur sa poitrine. Édouard, lui, lève le ton.

— Ton héros devra attendre, car ta mère nous a donné une liste d'épicerie. Ce soir, nous recevons mamie.

Même si elle est entêtée, Victorine devine que son père gagnera la partie. Surtout si sa mère et sa mamie en ont décidé ainsi. Elle boude et fronce les sourcils.

— Tu as trente-six secondes pour t'habiller.

Sur ces mots, Édouard sort du salon en sifflant.

Victorine est vexée. Elle tape du pied.

«Quand je serai grande, pense-t-elle, j'interdirai aux autres d'être de bonne humeur quand je suis fâchée.»

Ça y est, son merveilleux samedi matin est maintenant gâché.

2

Les pousses
de bambou

Dans le stationnement bondé, Victorine observe la valse du supermarché. Les gens poussent leur chariot au grand galop.

Pour tenter d'oublier son malheur matinal, Victorine s'installe dans un chariot.

— Vas-y, papa, roule !

Édouard entre dans le jeu, il zigzague entre les comptoirs, il roule tant qu'il peut. Victorine s'amuse follement lorsque son père s'arrête en soufflant.

— C'est tout ? demande-t-elle en faisant la moue.

— On a un panier à remplir ! lui rappelle-t-il, épuisé.

Il sort la liste d'épicerie de sa poche et lit :

— *Pousses de bambou ?* Mais c'est complètement fou !

Édouard s'occupe rarement des courses, et encore moins souvent des repas. Ce qui ne l'empêche pas d'être le père le plus gourmand de l'univers.

Coûte que coûte, il trouvera de quoi préparer son

plat favori : aile de raie au jus de goyave sur lit de bambou.

— C'est parti, ma Vivi ! déclare Édouard, sûr de lui.

Malgré le brou- haha du supermarché, Victorine est persuadée d'entendre le ventre de son père gargouiller.

* * *

Victorine s'ennuie. Depuis au moins trois cent mille minutes, Édouard est planté devant les boîtes de conserve. Il cherche le bambou partout.

— Papa, c'est long, gémit Victorine qui trépigne.

Elle tire la chemise de son père, puis soupire.

— Un moment, ma chérie… Je dois mettre mes lunettes ! répond Édouard en farfouillant dans son veston.

Il ne remarque pas la liste qui glisse sur le plancher. Victorine ramasse le bout de papier et réfléchit… Si elle prenait les choses en main, elle rentrerait peut-être à temps pour regarder *Les aventures du lapin atomique.*

« Bonne idée ! » conclut-elle en s'éloignant doucement.

Arrivée au bout de l'allée, elle se met à jogger entre les clients et les paniers. Elle bouscule un commis d'épicerie qui reste un peu surpris.

— Pardon, monsieur, je suis pressée ! crie-t-elle sans se retourner.

Enfin seule, Victorine profite de la fraîcheur des réfrigérateurs pour se remettre de sa chevauchée.

Assise entre le beurre et la crème fouettée, elle s'efforce de déchiffrer la

liste. *Des yaourts à la noix de coco, des oranges sanguines, du jus de goyave...*

«Et pourquoi pas des petits gâteaux à la betterave?» ironise-t-elle, décontenancée par les goûts culinaires de sa mère.

Décidément, Édouard a raison, ça ne sera pas de la tarte, cette mission!

Avalanche au rayon des produits laitiers

Pour commencer son périple du bon pied, Victorine s'offre un détour dans son rayon préféré : les jouets.

« J'ai besoin de courage avant de me mettre à l'ouvrage », s'avoue-t-elle en chemin.

Le rayon en question n'est qu'une minuscule section, mais Victorine demeure bouche bée.

— Quelle merveille ! s'écrie-t-elle.

— Vous êtes trop gentille, jeune fille ! répond une voix enrouée.

L'interlocuteur de Victorine vient de surgir d'un panier de jouets en promotion. C'est un oiseau en peluche au plumage défraîchi. Il émet un bruit de clochette quand on le secoue.

— Il est vrai que je fus jadis assez beau, dit l'oiseau. On m'appelle Grelot. Enchanté de faire votre connaissance, madame ?…

— Victorine.

— Et que nous vaut l'honneur de votre visite, madame Victorine ?

La fillette n'est pas surprise de discuter avec une peluche à clochette. Ça fait partie de sa routine, les objets qui s'animent. Elle explique la situation et présente sa mission. Heureux d'avoir une nouvelle copine, Grelot saute dans le chariot. Gling ! Gling ! Gling !

En moins de deux, Grelot et Victorine trouvent le rayon des produits laitiers. Où sont donc les yaourts à la noix de coco?

— Ils sont là-haut, madame Victorine, derrière les plus petits pots.

Perchée sur le rebord du meuble réfrigéré, Victorine tente d'atteindre les contenants. Elle pose un pied sur les boîtes de lait chocolaté, et l'autre sur la tablette des crèmes à café.

Elle grimpe comme un singe pendant que Grelot ferme les yeux.

Elle y est presque quand elle entend un rugissement :

— Eh ! fillette ! Descends immédiatement !

Le commis d'épicerie, qu'elle a croisé plus tôt, est un grand homme au tablier maculé. Il est furieux.

Entêtée, Victorine fait une dernière tentative. En équilibre sur le bout des orteils, elle s'étire autant qu'elle le peut.

C'est là que tout bascule.

La tablette du haut s'effondre sur celle du bas comme un jeu de dominos. On dirait une avalanche de yaourts, de crèmes et de petits pots. Le pied de Victorine, lui, s'enfonce dans un carton de lait en créant une éruption volcanique. C'est la panique !

— Oh, oh, madame Victorine… Je crois qu'il serait bon que nous partions ! propose Grelot.

Mais Victorine est déjà loin. Elle

utilise son chariot pour se propulser à toute vitesse.

— Et maintenant, que cherche-t-on, madame Victorine ? demande Grelot, essoufflé d'avoir frétillé des ailes jusqu'à elle.

— Des oranges sanguines et du jus de goyave, mon brave ! chantonne Victorine qui s'amuse drôlement.

4

Gâchis au royaume des fruits

La section des fruits est la plus colorée. Des pommes jaunes, des tomates séchées, des melons verts et des raisins sucrés. Victorine s'élance vers les oranges. Elle les observe d'un air étrange.

— Maman a besoin d'oranges sanguines, Grelot.

— On reconnaît ce fruit à sa chair rouge, madame Victorine.

Sans attendre plus d'explications, elle épluche les agrumes, les uns après les autres. En quelques secondes, elle fabrique un amas de pelures orangées. Grelot commence à s'inquiéter.

— Vous faites un gâchis au royaume des fruits, madame Victorine.

Elle ne répond pas. Elle est très concentrée.

— Voilà ! J'ai trouvé les oranges

sanguines ! s'exclame-t-elle. Elles étaient dans le dernier panier !

Devant l'air réprobateur de son ami, Victorine se met à récupérer les pelures et les oranges à demi pelées.

Au bout de l'allée, Grelot aperçoit un gardien qui se dirige vers eux.

— Oh ! oh ! madame Victorine… Je pense que nous sommes dans de beaux draps.

— Ne t'inquiète pas, Grelot. Nul ne pourra nous rattraper grâce à ce bolide ultra-rapide, le rassure Victorine en s'élançant sur-le-champ.

— Vous oubliez le jus de goyave, madame Victorine.

La fillette freine et se gratte le crâne. Oups !

— Il doit être dans le coin, murmure-t-elle, ou alors pas très loin.

Les amis slaloment entre les fruits. Ils se penchent, ils se relèvent. Ils recommencent leur manège jusqu'à ce que le gardien apparaisse sur leur chemin. Ils changent immédiatement de direction.

— Vite, Grelot ! Accroche-toi bien, ordonne Victorine, prête à déguerpir pour les sortir du pétrin.

Lorsqu'il remarque le gâchis, le gardien prend le micro et dit :

— Un COMMIS D'ÉPICERIE est demandé au rayon des fruits. Un COMMIS D'ÉPICERIE.

5

Le test du tofu

Grelot n'est plus très jeune… Son cœur bat la chamade. De toute sa vie, jamais il n'a fait pareille promenade.

— Madame Victorine, dit-il poliment, nous ne nous attirons que des ennuis.

— Ne te laisse pas abattre, mon Grelot, il nous faut encore trois ingrédients.

Elle emmène son oiseau au comptoir des poissons.

— Pouah ! Ça empeste, ici ! se plaint-elle, le nez pincé.

— Personnellement, je trouve cette odeur des plus appétissantes… affirme Grelot en tintant du bedon.

Le poissonnier, un homme aux mains énormes, regarde Victorine.

— Est-ce que je peux t'aider, jeune fille ?

— Oui, j'aimerais une grande aile de raie et huit pétoncles géants.

Grelot a l'eau à la bouche. Il adore le poisson. Surtout les petites sardines. Il tire la manche de Victorine.

— Elles ont l'air délicieuses, murmure-t-il, un peu gêné. Elles combleraient votre humble compagnon d'aventures…

— Je prendrai aussi une demi-douzaine de sardines pour mon ami Grelot, demande Victorine.

— Excellent choix, mademoiselle ! répond l'homme en tendant les paquets odorants.

Et c'est reparti pour les deux amis qui filent sans faire de chichis.

* * *

Cette fois, Victorine roule lentement. Elle doit lire les panneaux.

— *Soupe, croustilles, boisson, produits nettoyants…* Mais où dénicherons-nous le tofu ?

La bouche pleine de poisson, Grelot propose de jeter un coup d'œil dans un

nouveau rayon, celui des produits naturels. Installé au fond du chariot, il dirige sa copine tout en empilant minutieusement les arêtes.

Victorine observe les pots de crème glacée minuscules et les desserts non sucrés. Grelot, lui, cherche le tofu. Fier et pimpant, il s'exclame :

— Madame Victorine, voici votre ingrédient !

Une multitude de variétés de tofu sont empilées dans le petit réfrigérateur. Il y a du tofu moelleux, du tofu pâteux, du tofu gélatineux…

— Oh là là ! On n'est pas sortis du bois. Il nous faut un tofu semi-ferme, Grelot.

Victorine tend un à un les paquets à son compagnon. Celui-ci y appuie ses plumes dans un bruit de succion.

Pffrout !

— Trop mou.

Pffrout !

— Encore trop mou.

Bong !

— Trop ferme.

Quelques minutes et plusieurs dizaines de paquets plus tard, Grelot palpe enfin le tofu parfait.

— Celui-ci fera le bonheur de votre

bonne mère, madame Victorine.

Satisfaits, les deux complices reprennent leur périple.

La gérante, qui effectue sa tournée matinale, remarque une gigantesque pyramide de paquets de tofu dans l'allée. Fâchée, elle prend le micro et se met à crier :

— Un COMMIS D'ÉPICERIE est demandé au rayon des produits naturels. Un COMMIS D'ÉPICERIE.

À l'autre bout du supermarché, le commis se sent dépassé. Il ramasse la dernière pelure d'orange et se relève, fatigué.

6

Les chaussettes rigolotes

Le dernier article de la liste étonne Victorine. Des chaussettes vertes à pois jaunes...

— Grelot, crois-tu que c'est un ingrédient de la recette de maman ?

Gling ! Gling ! Gling !

— Madame Victorine, je souhaite que non ! répond Grelot en tintant.

Devant les deux amis se trouve un énorme bac rempli de chaussettes. Elles sont de mille couleurs et de mille grandeurs. Il y a des bas en filet et des chaussettes à orteils. Victorine aperçoit même des bas blancs semblables à ceux de son père.

— Nous en avons pour la journée, soupire Victorine qui commence à trépigner.

À ses côtés, Grelot prend plaisir à observer les différents tissus. Il admire une paire de chaussettes à motifs d'oiseaux.

— Oh ! comme c'est beau !

Victorine enfile des bas multicolores sur ses bras. Elle fait mine de frétiller des ailes.

— Regarde, Grelot, nous avons un air de famille maintenant. Gling ! Gling ! Gling ! dit-elle en imitant son ami. « Madame Victorine, nous nous attirons des ennuis. »

— Vous vous moquez, madame Victorine, je ne suis pas si déplumé.

Un peu boudeur, il retourne dans le chariot.

Pour lui rendre sa bonne humeur, Victorine tente de nouvelles imitations. Avec des chaussettes rayées, elle fait le zèbre. Puis, avec un long bas en filet gris, elle fabrique une trompe d'éléphant. Les chaussettes volent par dizaines et s'empilent au sol.

La comédie de Victorine déride Grelot qui s'époumone dans un tintement qui n'en finit plus.

— Ah ! voilà ! s'exclame enfin Victorine en exhibant des chaussettes vertes à pois jaunes.

La fillette est drôlement satisfaite. Elle a réuni tous les articles de la liste… sauf un ! Paniquée, elle s'écrie :

— Catastrophe, j'oubliais le jus de goyave !

Grelot retrouve son sérieux. Il saute dans le chariot et crie :

— Rayon des jus, nous voici…

Pendant ce temps, une jeune caissière découvre l'incroyable désordre pas très loin des chaussettes. Elle s'empare du micro et, de sa voix chétive, elle appelle :

— Un COMMIS D'ÉPICERIE est demandé au rayon des chaussettes. Un COMMIS D'ÉPICERIE.

7

Jus de goyave, mon brave !

Victorine roule à toute vitesse. Elle pense à son émission préférée. Elle n'a plus une minute à perdre si elle ne veut pas la manquer. Mais, dès son arrivée dans l'allée des bouteilles de jus, elle perd son enthousiasme.

— Comment trouver le jus de goyave, maintenant ? interroge-t-elle, étonnée par tant de variété.

— Peut-être est-il avec les boissons

exotiques, propose l'oiseau savant.

Leurs regards se dirigent vers les jus aux étranges étiquettes… Les informations sont écrites en une langue que Victorine ne peut pas décoder.

— J'ai une idée ! lance-t-elle.

En entendant cela, Grelot ressent une certaine crainte. Victorine est une fillette téméraire et un peu tête en l'air. Que va-t-elle encore inventer ?

La fillette dispose les bouteilles aux étiquettes incompréhensibles en demi-cercle devant elle.

Du bout des doigts, elle passe d'une bouteille à l'autre en chantonnant «Ini-minimanimo». Elle arrête son mouvement au-dessus d'une d'entre elles. Elle ouvre la bouteille et boit une grande gorgée au goulot.

— C'est un jus d'ananas… conclut-elle.

— Malheureuse, que faites-vous? s'affole Grelot.

Sans se soucier de la réaction de son copain, Victorine s'essuie la bouche du revers de la main.

— Arrête de gigoter comme ça, Grelot, tu vas nous faire repérer, rétorque Victorine.

L'oiseau cesse ses simagrées et tente de ne plus bouger. Le tintement s'éteint lentement. Mais, quand Victorine se lève d'un bond, Grelot sursaute et sa clochette retentit de nouveau.

Attiré par le bruit, le concierge apparaît dans l'allée.

— Il est grand temps de filer, madame Victorine ! s'exclame Grelot en sautant dans le panier.

En moins de deux, les amis sont partis.

Au bout du magasin, le commis achève de replacer les chaussettes. Il entend alors grésiller le haut-parleur.

— Un COMMIS D'ÉPICERIE est demandé au rayon des jus de fruits. Un COMMIS D'ÉPICERIE.

Il est si découragé qu'il a envie de s'asseoir et de pleurer. Quelle journée ! Pourtant, elle ne fait que commencer…

8

L'exploit
de Victorine

Victorine se pavane dans le supermarché. Grelot et elle ont été d'une redoutable efficacité. Quel duo !

— Dis-moi, Grelot, est-ce que tu t'ennuies, seul dans cette grande épicerie ?

— Pour être honnête, madame Victorine, je ne m'étais pas dégourdi les plumes depuis fort longtemps…

Victorine a une idée derrière la tête. Elle dirige le panier vers l'allée des conserves. Édouard est encore à la recherche du bambou. Il marmonne :

— Les boîtes sont peut-être classées par ordre alphabétique ?

En catimini, Victorine s'installe à côté de lui. Grelot a le fou rire et on l'entend tinter.

— ENFIN ! J'ai trouvé ! s'exclame Édouard, tout vient à point à qui sait attendre, ma toute belle, déclame-t-il en se tournant vers Victorine.

— Tu as raison, papa, répond-elle en lui remettant la liste d'épicerie.

Édouard est éberlué. Son regard passe de Victorine au panier, et du panier à Victorine. Il consulte la liste, puis il observe les provisions. Tout est là…

— Comment as-tu réussi cet exploit, ma Vivi ?

— Facile ! dit-elle, Grelot m'a aidée.

Sur ce, elle brandit son nouvel ami qui salue Édouard d'un tintement poli.

— Grelot, hein ? interroge Édouard, à peine surpris.

Tout en poussant le chariot vers la caisse, Victorine raconte son aventure. Édouard devine que Victorine aimerait rapporter Grelot à la maison.

— Est-ce que tu crois que ton oiseau t'aiderait à ranger ta chambre ? demande Édouard, l'air taquin.

Victorine n'est pas dupe. Elle comprend que son père lui tend un piège. Mais elle est prête à tout pour ramener Grelot chez elle.

— Certainement, papa ! promet-elle, excitée.

Pendant qu'Édouard sort ses sous, la caissière prend le micro de l'interphone.

— Un COMMIS D'ÉPICERIE est demandé à la caisse pour l'emballage. Un COMMIS D'ÉPICERIE, merci.

L'employé replace les dernières bouteilles de jus sur la tablette lorsqu'il entend l'appel. Il soupire, hausse les épaules et se rend à la caisse.

Dès qu'il voit Victorine et Grelot, le commis s'arrête net. Non, ça ne peut plus continuer ! Il retourne sur ses pas et court se cacher.

La caissière entreprend donc de remplir elle-même les sacs. Victorine lui propose un coup de main. Attendrie, la caissière lui dit :

— Tu es une très gentille petite fille.

Victorine sourit, puis elle suit son père en direction de la sortie. Par maladresse, Édouard échappe l'un des sacs. Bang ! La bouteille de jus de goyave s'écrase au sol dans une flaque visqueuse et jaunâtre.

— Oups ! Je pense que votre père est en mauvaise posture, madame Victorine, chuchote Grelot.

À ce moment, le haut-parleur rugit à nouveau :

— Un COMMIS D'ÉPICERIE est demandé à la sortie. Un COMMIS D'ÉPICERIE.

Bien malgré lui, le commis revient sur
ses pas. Heureusement
pour lui, Victorine et Grelot sont déjà dehors. Alors
qu'il nettoie les dégâts, il
espère ne plus jamais
revoir Victorine
dans son épicerie.

* * *

Installée confortablement dans son
château de coussins, Victorine sirote un
jus d'ananas et de goyave. À ses côtés,
Grelot grignote des sardines. Ils sont
arrivés à temps pour voir *Les aventures
du lapin atomique.* C'est le bonheur total.

Gling ! Gling ! Gling ! Grelot rigole :
— Cet animal spatial est presque aussi
amusant que vous, madame Victorine.

La fillette observe son ami. Elle se blottit contre lui. À bien y réfléchir, il n'était pas si mal, et surtout pas banal, ce samedi matin… À quand le prochain ?

Table des matières

Achevé d'imprimer
sur les presses d'AGMV Marquis